기억할 수 있는 것들의

목록

기억할 수 있는 것들의 목록

◆

안재현 지음

헤다

이 책은 인생에서 잠시 비켜서 있는 사람들에게 건네는
안재현의 작은 위로다.

잠시 멈춰 서서 숨을 고르는 듯한 글들.
먼지를 툭툭 털어 낸 후 신발 끈을 묶는 듯한 글들.

'사는 게 전쟁이라면, 착한 마음으로 이기겠다.'는
그의 다짐이 난 너무 좋다.

_ **나영석 PD**

반복되는 일상에 지쳤을 때 아이들을 보면 웃음이 난다.
순수하고 엉뚱한 글을 읽으면 웃음이 난다.

이 책은 세상과 교감을 나누며 살아가는
소소한 이야기들이다.
이 글들을 읽고 그가 가진 시선을 존중하게 되었다.

똑같은 하루하루에 지쳐 있을 때
안재현의 책을 보니 다시, 웃음이 난다.

_남기훈 감독

재현이가 책을 썼다고 해서 놀랐습니다.
글을 읽는 동안 더욱 놀랐습니다.

훅 들어오는 단단한 성찰,
맛깔스럽고 깔끔한 필력,
담백하고 정직한 고백.

어쩌면 나는 그동안 그를 오해했었나 봅니다.
비현실적인 외모 탓에
그의 깊고 선한 내면까지 들여다보지 못한 건 아닌지….
사죄하는 마음으로, 기쁘게 그의 첫 책을 추천합니다.

_이정선 작가

흘려보낸 추억들과 시간은 되돌릴 수 없기에

여기 이렇게 __________, 기억을 남긴다.

prologue

내 어깨 위

고양이,

밥
Bob

알게 된 지 얼마 안 된 친구에게
영화 한 편을 추천받았다.
제목은 「내 어깨 위 고양이, 밥」.
영화를 보기 전엔
내가 '안주'라는 이름의 고양이와 함께 살고 있어서
이런 영화를 추천해 주었나 하고 단순하게 생각했다.
내용 또한 그저 귀여운 고양이가 등장하는
따뜻한 감동 스토리일 거라고 지레짐작했다.
그러나 늘 그렇듯 예측은 빗나갔다.
'밥'이라는 고양이와 함께 사는 주인공 제임스의 모습은
나를 닮아 있었다.
놀랍도록 닮아서 불쾌할 정도였다.

엔딩 크레디트가 올라가는 걸 보며 생각에 잠겼다.
이 영화를 추천해 준 친구에게
나는 제임스처럼 보였던 걸까….
부끄러운 마음과 고마운 마음이 마구 뒤섞였다.

제임스는 마약중독자다.
거리에서 음악을 연주하며 하루하루 연명해 간다.
밤이면 돌아갈 곳조차 없던 그에게
작지만 머물 곳이 생기고,
그 누추한 공간으로 길고양이 한 마리가 찾아든다.
머리끝부터 발끝까지
온통 절망으로 가득 차 있던 제임스와
그런 그에게 스스럼없이
자신의 온기를 나누어 주었던 고양이 한 마리.
존재를 파괴하는 법밖에 몰랐던 사내는 그렇게
작은 생명에게서 살아가는 일의 위대함을 배운다.

어깨 위에 올라앉은 밥과 함께 가는 길은
더 이상 외롭지 않다.
내 글이 밥처럼 당신의 어깨 위에
희망이라는 이름으로 올라앉을 수 있길 소망해 본다.

2022. 5. 안재현

차례

기억 3

기억 4

기억 5

기억 6

기억 7

기억 8

The List of Things
to Remember

기억

1

주고,

받다

다른 이의 마음을 아프게 하는 건 참 쉽다.
너무 터무니없이 쉬워서
때론 내가 다른 이에게 상처를 주고 있다는 것조차
깨닫지 못한다.

그 상처에 딱지가 앉고 아물기까지
얼마나 오랜 시간이 걸리는지
그 시간들이 얼마나 괴롭고 힘든지도
알고 싶어 하지 않는다.

산다는 건 무엇인가를 주고받는 일이다.
고통을 주면 고통이
사랑을 주면 사랑이 오는 단순한 이치.

내가 행한 것이 무엇이든 내게 되돌아온다면,
언젠가 어차피 돌려받을 거라면,

그게 사랑이었으면 좋겠다.

겨울 일기

눈이 내렸다.
일기장을 꺼내 몇 줄의 문장을 쓴다.
겨울이 오고,
눈이 내린다고….

하늘을 아득히 메우는 하얀 점들을
오래오래 기쁜 눈으로 바라보다,
멈칫한다.

이 예쁜 것들이 길을 미끄럽게 할 텐데,
내일 아침 사람들은 모두 어떻게 일터로 나갈까.

마냥 눈이 반갑기만 하던 시절은
이제 가서 오지 않는다.

사각
지대

무엇인가가 또렷이 보이지 않을 때
한 발 다가가려 하지 말고
한 걸음 물러서서 바라봐야 할 때도 있는 법.

인생의 사각지대는
멀어서 안 보이는 게 아니니까.

가장 큰 고통은
성공할수록 세상과 함께하는 시간이 적어진다는 것.

하여 가장 큰 기쁨은
벗은 발에 오후의 햇살을 받으며
창가에 앉은 고양이의 낮잠을 오래도록 바라보다
햄버거 가게까지 느릿느릿 걸어가는,

세상과 함께하는 짧은 시간.

무척이나 짧은 대화

앞에 앉은 친구가 말했다.
"사연이 있었겠지…."

미처 말하지 못한 것들을
조용히 헤아리는 사려 깊은 말.

"고마워, 알아줘서."
"응."

때로 우리의 마음은
긴 이야기가 아니라
다정한 말 한마디에 실린다.

받고 싶지 않은

선물

인생은 짧다고들 말하죠.
그러나 삶의 어느 순간들은
무한히 길게 느껴지기도 해요.
행복의 순간은 찰나처럼 가볍고
고통의 순간은 억겁의 무게로 내리누르죠.

모든 것에는 이유가 있다고들 말하죠.
그러나 삶엔
도무지 이유를 찾을 수 없는 순간들도 있어요.
머리로는 이해해도
가슴으로는 받아들일 수 없는 이유들도 많지요.

삶의 모든 순간이 선물이라고 말하는 이들도 있어요.
그러나 삶엔
받고 싶지 않은 선물과도 같은 순간들이 있기 마련이에요.

그럼에도 모든 순간이 배움이고
모든 경험들이 나를 성장시킨다는 걸….

어제보다 오늘,
나는 조금 더 자랐습니다.

시소 게임

원하는 걸 한쪽에 올리면 반대쪽이 올라간다.
마치 하나를 얻으면 하나를 잃는 것이 당연하다는 듯.

내 마음속 깊은 곳에
나란히 마주 보고 앉은 두 개가 있다면
하나는 포기해야 한다.

정말 원하는 것이 있다면 올려놓으면 안 된다.
정말 원하는 것은 내려놓아야 내 것이 된다.

꼭

그렇게 되길

행복은 오래 머물지 않아요.
이게 행복인가… 하고 알아채는 순간
벌써 달아날 채비를 하죠.

때론 이게 행복일까… 고민하는 순간에
무심히 스쳐 지나가 버리기도 해요.

그러니
달아나기 전에 빨리 붙잡고
고민하기 전에 먼저 믿어야 해요.

하여,
당신의 생에
후회가 없길 바랍니다.
슬픔이 없길 바랍니다.

대신 그 자리에
감사함이 있기를,
고마움이 있기를,

꼭, 꼭, 그랬으면….

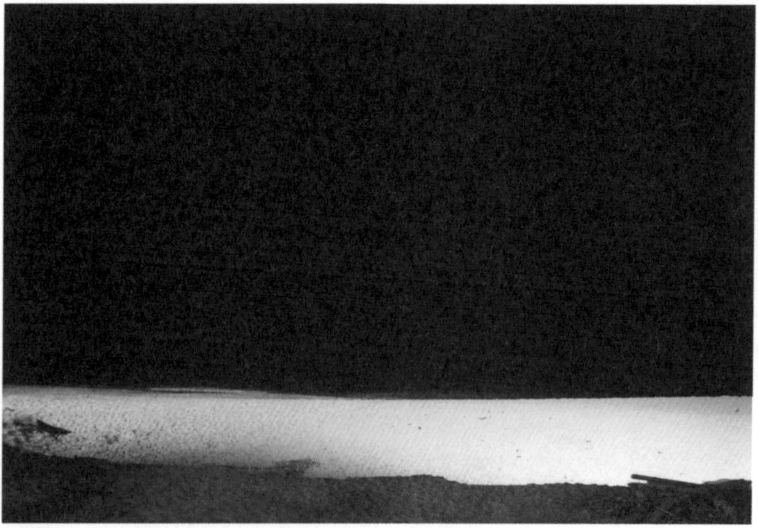

모든 것에 무덤덤해진

이들에게

평온하고 덤덤하게 흐르는 시간들도 좋지만
가끔 가슴이 뛰는 하루를 살며
살아 있다는 증거를 손에 쥐고 싶기도 하다.

세상의 모든 것에 무덤덤해지고,
특별히 좋은 것도 특별히 나쁜 것도 없고,
아주 작은 변화마저도 거부하게 될 때,

무덤은 굳이 찾아가지 않아도
내 앞에 도착해 있을 것이다.

세상이

변하지
않는다면

사람들이 말한다.
"세상은 안 변해."

그럼 내가 변하면 되지.

좀 더 너그럽게
좀 더 단단하게
좀 더 매력적으로.

The List of Things
to Remember

기억

2

COCOA
MILK
SUGAR

당신에게

중요한
한 글자는

무엇
인가요

살아가는 데 중요한 것들 중엔
유독 한 글자가 많다.

의식주를 비롯해
일, 돈, 차, 땅, 금….

살면서 필요한 것들 중에도
한 글자가 많다.

해, 달, 비, 꽃, 별, 시, 산, 꿈….

찬찬히 살펴보니 그 안엔
정작 '나'가 없었다.

다른 글자들에 온통 정신을 빼앗겼기 때문일까,
아님 '나' 없이도 그럭저럭 삶이 굴러갔기 때문일까.

오늘
인생에서 꼭 필요한 것들이 적힌 목록에,
내가 사랑하는 한 글자들 사이에,

'나'라고 적어 넣었다.

망각의 라떼

어른들이 즐겨 말하는 "나 때는 말이야"가
농담이 된 세상.

뜨거운 우유를 부은 진한 커피를 마시다
그들이 말하는 '라떼'는
'레테의 강'일지도 모른다는 생각이 들었다.

저승으로 건너가는 이들이 마셔야 했던
망각의 강물처럼
매일 커피를 마시며 그들이 잊고 싶었던 건
과거가 아니라 현재가 아닐까, 생각하다

남은 커피를 한 모금 마시고
나는 곧 이 짧은 생각을
잊었다.

추억은 물건 속에도 깃든다.
버려야 살 수 있을 것 같다면 버리는 게 답이다.

그런다고 그 안에 깃든
행복한 기억마저 사라지는 것은 아니니까.

THE GEORGIAN HOTEL

직업의 기준

24시간 긴장하지 않아도 되는가
그 일이 잘되지 않아도 다른 대안이 있는가
그 일이 내게 행복을 주는가
그 일이 다른 이에게도 행복을 주는가
음식 맛을 느낄 정도의 여유는 있는가
그 일에 집중해도 친구들을 잃지 않을 수 있는가
여전히 내가 나를 나답다고 느낄 수 있는가

비슷한 말

사전에 이렇게 쓰여 있다.

가치 「명사」 사물이 지니고 있는 쓸모.

같이 「부사」 둘 이상의 사람이나 사물이 함께.

이 두 단어는
발음은 똑같은데 뜻은 다르다.
그러나 어려운 건 똑같다.

쓸모 있는 존재가 되는 것,
다른 이와 함께 살아가는 것,
노력해 보지만 둘 다 쉽지 않다.

똑같은 발음처럼
내 삶에도
두 단어가 겹쳐지는 날이 어서 오길….

천직

빚쟁이들은 종종 학교까지 찾아왔다.
그들을 피하기 위해
수업 중에 책상 밑에 숨은 적도 있다.
그래서일까,
그 시절 나는 남들 눈에 띄는 게 정말 싫었다.

할머니가 학교에 찾아오셨다는 말을 듣고
기쁜 마음으로 달려갔을 땐,
빚을 받으러 온 노인 한 분이 서 계셨다.

아침에 눈을 떴을 때
낯선 사람들이 빙 둘러앉아
날 내려다보고 있던 적도 있다.
어떻게 들어왔을까 궁금해하던 것도 잠시,
발길질 한 번에 쉽게 부서졌을
나무로 된 우리 집 대문이 떠올랐다.

그들이 물었다.
"엄마, 어디 계시니?"
몰라요.
"아빠, 어디 계시니?"
몰라요.

생각해 보면,
내 연기 생활은
오래전에 시작되었다.

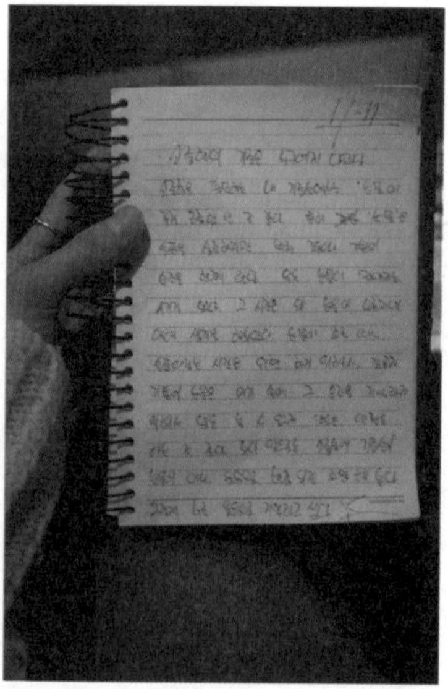

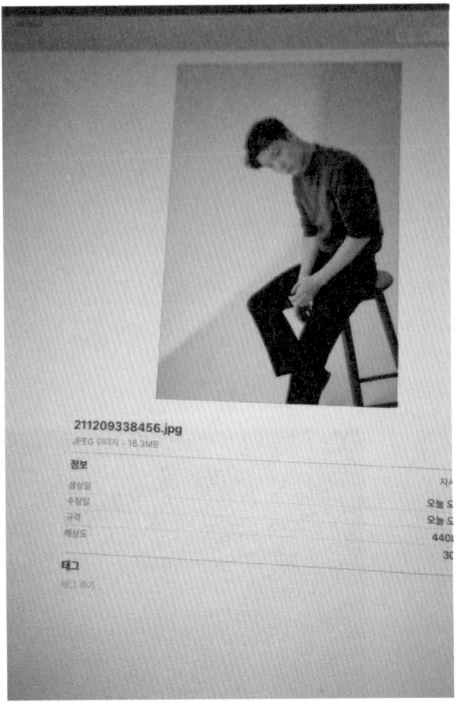
211209338456.jpg
JPEG 이미지 - 16.3MB
정보
생성일
수정일
규격
해상도
태그

miracle

삶에 기적이 일어나면
곧이어 적도 생겨난다.

둘 다
믿기지 않는 건
마찬가지다.

있는 그대로

영원한 것은 없다.
이 세상의 모든 것은
흔들리고, 부서지고, 사그라든다.

그럼에도 아쉬워하는 대신
모든 순간에 감탄하며
모든 존재에 박수를 보내고 싶다.

꽃은 시든 후에도
또 하나의 생명을 세상에 떨구니
그 처음과 끝,
모두 있는 그대로 아름답다.

뭇 생명들이 그러하듯
그들의 일부인 나 또한
있는 그대로 아름다울 수 있기를….

이 작은 바람이
그저 소망으로만 그치지 않기를….

이별 이야기

제일 나쁜 건 무관심이라고 생각했다.
그래서 늘 생각하고, 보듬고, 지켜보았다.

그러나 어느 순간 손에 잡히지 않았다.
이유도 모른 채 그렇게 사라져 버렸다.

어느 선을 기준으로
관심과 무관심이 나뉘는지 나는 알지 못했다.
어느 것을 기준으로
애정과 집착이 나뉘는지 나는 알지 못했다.

복잡하고 어지러운 현실 속에서
한참을 헤매던 나는

아끼고 사랑하며 살겠다던
어릴 적 꿈과
그렇게 이별했다.

책을

읽는다는 것

이유도 없이 무언가를 쫓고 있거나,
알 수 없이 종종걸음 치는 나날들이 이어질 때면
잊고 지내던 책을 다시 펼친다.

그 안에는 검은 글씨들이 빼곡하고
앞서 깨달은 이들의 지혜로 가득하지만
그것들은 결코 내게 명령하지 않는다.

다만 나의 시선이 머무는 곳에서,
나의 가슴이 멈춰 서는 곳에서,
단어들이 말을 걸고 문장들이 속삭일 뿐이다.

책을 펼치면
나는 더 이상 그 어떤 것도 쫓지 않고,
그 어떤 것에도 쫓기지 않고,
그저 비스듬히 기댄 채 듣는다.

책을 펼치면
이내 요동치던 가슴이 천천히 내려앉고
흔들리던 눈동자가 중심을 찾는다.

내일의 나는
또다시 이유도 모른 채 쫓고, 쫓길지라도
지금 이 순간의 나는
한 장 한 장,
숨결처럼 얇은 종이들을 넘기며
거친 숨을 고른다.

The List of Things
to Remember

기억

3

담장의 높이

어릴 적, 한 친구의 아버지께서 손수 한옥을 지으셨다.
마당을 따라 사람의 눈높이와 비슷하게
나지막한 담을 올리시곤 이렇게 말씀하셨다.

"담이 너무 높으면
지나는 이에게 넘고 싶은 탐욕만 불러일으킬 것이고,
가까이 하려는 이에겐 두려운 마음만 들게 할 것이다."

내 집 앞을 지나는 이들의 마음까지 헤아리는
그 따스함이
어린 내 가슴을 오래 덥혔다.

성숙한 어른이란 어떤 모습이어야 할까 고민할 때마다
그 나지막한 담장이,
친구 아버지의 온화한 미소가 먼저 떠오른다.

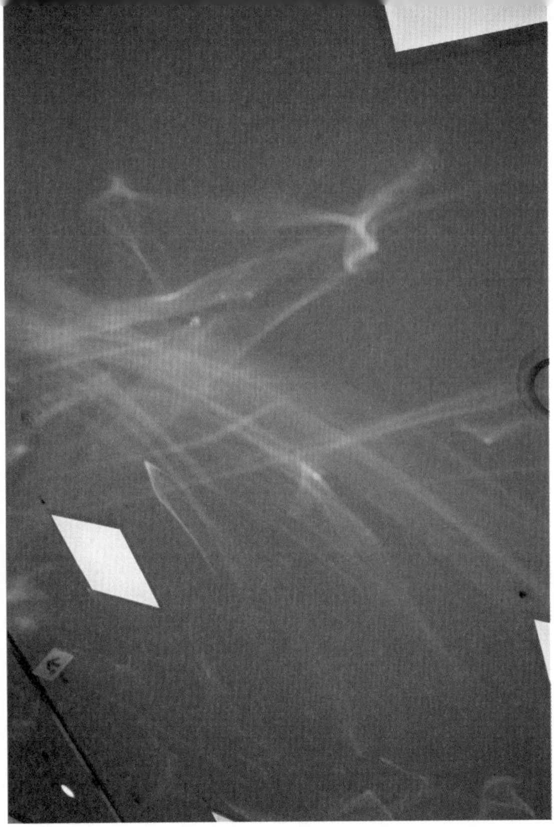

plus⁺
<
minus⁻

새로 산 튜브에 공기를 넣어 본 적이 있는가.
온몸에 힘을 주고 조금씩 입김을 불어 넣으면
한참 만에 튜브는 몸을 꼼지락거리며 부풀기 시작한다.

비어 있던 공간이 온통 나의 숨결로 가득 차오르면
도넛 모양이 기분 좋게 모습을 드러내고
그렇게 시간을 두고 힘들게 불어 넣은 입김은
좀처럼 빠지지 않는다.

나에게 넌 따뜻한 입김으로 왔던 것일까.

입구를 열어 놓아도 나가는 기색은 보이지 않고
그렇게 내 몸에서 빠져나가지도
그렇다고 다시 부풀어 오르지도 않은 채
넌 오늘도 내 안에서 생명을 잃어 가고 있다.

튜브에서 바람을 빼는 일이 그렇듯
언제나
사랑하는 것보다
사랑하지 않는 것이 더 어렵다.

국립극장
유니버설발레단 <발레 춘향
2022-03-18 금요일 19:30
광고마케팅석
VIP석
1층 A구역 11열 06번
2203181015434
20220317-2750148-1900011-(1)
안녕하세요, 안내원 배우님!!
저는 배우님 팬 중 한명입니다.
우연히 배우님을 마주치게 되어서
정말 놀라웠고 영광입니다!!
배우님이 하시는 일, 원하시는 일 다
잘 되시길 바라고 항상 응원하겠습니다.
- 배우님 팬 드림 -

작은
것들을 위한

글

공연을 보러 갔던 어느 날
손바닥만 한 메모를 받았다.
손으로 꾹꾹 눌러쓴 문장 몇 줄이 적혀 있었다.

그 짧은 글이 내 마음을 움직였다.
그 작은 감동이 나를 겸손하게 만들었다.
그리고 오래 행복했다.

작은 것들이 지닌 힘은
결코 작지 않아서
행복은 때때로
별것이 아닌 것들 속에 깃든다.

완벽을 추구하려 했을 뿐인데
사실은
주위에 벽을 하나씩 세우고 있던 거였다.

점점 더 두터워지는 보호막에 가려
앞이 잘 보이지 않고
어느 곳으로 가야할지
방향조차 가늠할 수 없게 되었을 때,

정확히 그 벽들의 두께만큼
세상과 멀어졌다.

그 벽 너머로
더 이상 다른 이들의 체온을 느낄 수 없게 된 순간…,

난
완벽하게,
홀로 남겨졌다.

내가 꿈꾸는 세상

손에 땀이 가득한 사람을 만나면
그 손을 더 꼭 잡아 주라고 배웠다.

땀 뒤에 숨겨진 시린 마음을
내 온기로 품어 주라고 배웠다.

그렇게 마주 잡은 두 손이 함께 버티면
세상은 그래도 살 만한 곳이지 않을까.

휴대용 가스레인지
SUN
썬연료 전용 가스레인지
PORTABLE GAS RANGE
MODEL: TY101
THE PORTABLE GAS RANGE

상장과

성장

상장은 타인으로부터,
성장은 자신으로부터.

나이가 들수록 반대로 하고 싶다.
스스로에게 상을 주고
타인을 통해 성장하는 삶을 살고 싶다.

학창 시절 그토록 바랐던 상장은
시간이 지나면 그저 종이로 남지만
사람들과 부대끼며 하나하나 배워 갔던 것들은
오롯이 인생의 거름이 된다.

서로의 성장에 어떻게든 기여하기에
우리 모두는 위대하다.

Scottish National Museum
Edinburgh, Scotland
Accidentally Wes Anderson

시간의 수레바퀴

영화에서
벤자민 버튼의 시간은 거꾸로 흘렀다.

임종이 임박한 노인의 몸으로 인생을 시작했고
주름 가득한 얼굴로 첫걸음마를 떼었으며
중년의 나이에 첫사랑을 경험했다.

그렇게 난
시간이 거꾸로 가도 괜찮을 것 같다는 생각을 하면서
한 노인이 소년으로 성장하는 걸 지켜보았다.

죽음과 노쇠를 생생히 기억하는
소년으로 살 수 있다면,
우리는 얼마나 많은 실수를 줄일 수 있을까.

78억 개의

퍼즐

손가락을 접으며
잘하는 게 뭐가 있는지 세어 본다.
맘속으로 숫자를 세며
잘 못하는 일들을 헤아려 본다.

압도적으로, 나는 서툰 인간이다.
78억 개의 퍼즐 중 한 조각으로 태어났으니
어쩌면 너무 당연한 일이다.

만일 내가,
우리가,
완벽하다면

서로의 완벽함을 확인한 채 등을 돌리고
각자의 길을 가면 그만이다.
다른 이와 이야기를 나눌 이유도,
다른 존재에 고마워해야 할 까닭도 없다.

하지만 잘 못하는 것이 더 많고,
서툰 것투성이인 나는,
오늘도 나의 부족함을 메워 주는 이들에게
감사하며 산다.

그렇게 우리는 서로의 퍼즐이 되어
노력하고 인내하며
가로와 세로줄을 맞추어 간다.

내 삶에 돈이 없는 것이 더 가난할까?
내 삶에 내가 없는 것이 더 가난할까?

너를 기억하는 법

소중함에 대한 기준은 누구나 다르다.
나의 기준은 '눈물'이다.

기쁠 때 슬플 때 가리지 않고 등장하는
그래서
나도 남도 헷갈리게 하는 녀석.

슬픈 마음이든 행복한 마음이든
눈물은 잠시나마
눈앞의 것들을 보이지 않게 가려 준다.
그렇게 지금 이 감정에 몰두하게 하고
그렇게 지금 이 순간을 기억하게 한다.

언젠가 소중함을 가르는 기준이
웃음으로 바뀌면 좋겠다.

그렇게 너를 웃음으로 기억하고 싶다.

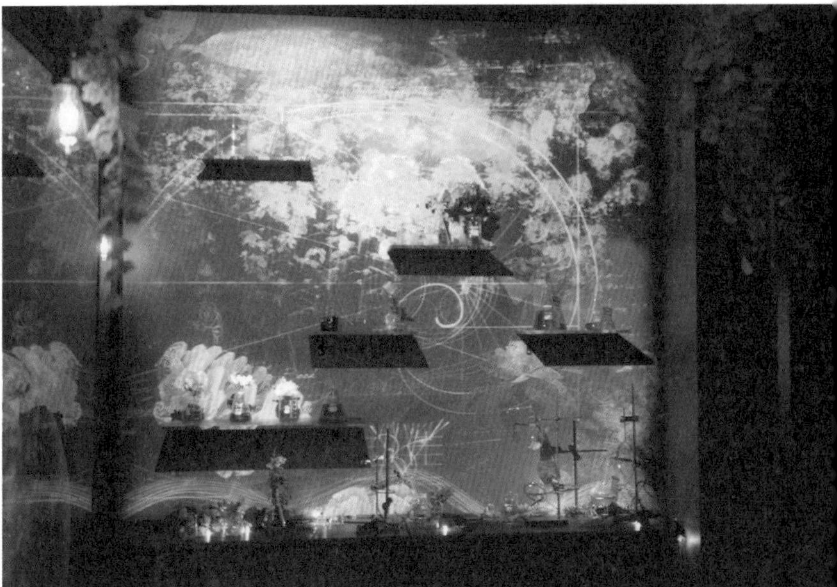

The List of Things
to Remember

기억

4

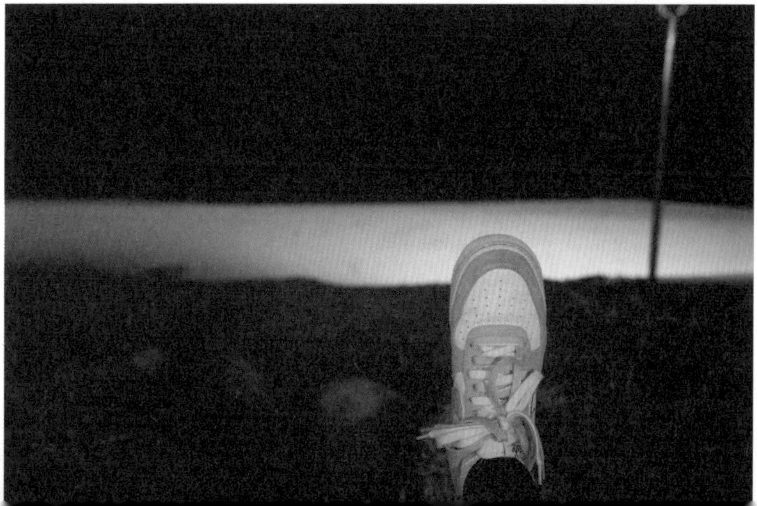

무소의 뿔처럼 나아가다

책의 한 구절입니다.

'당신이 옳다고 생각한 길을 그냥 계속 가십시오.
언젠가 그 길은 화사한 꽃으로 채워질 것입니다.'

그러나
꽃들로 가득한 길에도
때때로 바람이 불고 비가 옵니다.
볕이 강한 날이면
그 아래로 꽃그늘이 짙게 드리우기도 하고요.

꽃길이든 아니든
무소의 뿔처럼 묵묵히 한 발 한 발 나아갈 때
그 걸음들이 모여 '나의 길'이 완성되리라는 걸….

언젠가 그 길을 걷게 될 이들이
당신이 남긴 희미한 발자취를 따라 걸으며
마음속으로 조용히 박수를 보내리라는 걸….

오늘도 기운 내세요.

내가 있어야 할 자리

한겨울
거리 위를 굴러다니는 솔방울은 아름답지 않다.

한겨울
크리스마스트리 위에 놓인 솔방울은 아름답다.

어떤 것이 지닌 쓸모는
그 존재 자체보다
때와 장소에 의해 결정되는 경우가 많다.

지금 나는 알맞은 시간에 알맞은 장소에 있는가.
그래서 충분히 아름다운가.

질문을 던지고 또 던진다.

크기 비교

예전에 재수할 때
선생님께서 이런 말씀을 해 주신 적이 있다.

"너흰 노력은 안 하면서 욕심만 많아!"

가끔
노력과 욕심
그 둘의 크기를 비교해 본다.

나날이 커져만 가는 욕심이라는 그릇을
노력이라는 작은 공들로 채울 수만 있다면

무슨 일이든 해 볼 만하지 않을까.

우린,
사람이다

일을 하다 보면
가끔 중요한 사실을 혼동하는 이들을 만난다.

일을 하는 건 결국 '사람'이란 걸.
일하고 있는 우린 사물이 아니라는 걸.

세상의 모든 것을 가능하게 하는 건
'일'이 아니라
'사람'이다.

그토록

특별한 평범함

집에는 전화도 초인종도 없었다.
그 공간에 사람의 발자국 소리가 들린다는 건,
낯선 이의 냄새가 난다는 건,
오늘 하루를 또
빚쟁이들과 전쟁을 벌이며 보내야 한다는 신호였다.

목이 터져라 울어 대는 아이 따위에
관심을 두지 않을 만큼
현실은 냉혹했다.

아침이면 가족들과 둘러앉아 밥을 먹고,
가방 메고 학교에 가고.
이 지루하리만큼 평범한 하루를
그 시절의 난 결코 가질 수 없었다.

평범함은 누군가에게
눈이 부시도록 찬란한 특별함이다.

꿈이 이루어진 순간

원석이 하나 있었어요.
자신이 어떤 존재인지도 모른 채
그저 볼품없는 돌멩이일 뿐이라고 생각했죠.
투박하고 거친 표면 안에 눈부신 빛이 숨어 있다는 걸,
보석을 만드는 세공사는 알고 있었어요.

세공사는 돌을 다듬기 시작했어요.
원석이 가진 고유의 아름다움이 다칠세라
아주 섬세한 동작으로 조금씩 다듬어 갔죠.
원석은 세공사의 손끝에서 조금씩 형태를 갖추어 갔고
어느덧 돌 안에 갇혀 있던 빛들이
밖으로 조금씩 새어 나오기 시작했어요.
돌멩이도 세공사도 모두 행복한 시간들이었죠.

그렇게 원석이 고유의 빛을 내는 보석으로 재탄생했을 때,
더 이상 그 누구의 손길도 필요 없는
완벽한 존재가 되었을 때,
그 작고 빛나는 돌은
세공사의 세심한 손길과 헤어져야만 했어요.

꿈을 이룬 순간
그들을 기다리고 있는 것은 이별뿐이라는 걸,
그게 마지막이라는 걸….

둘은 말없이 서로를 오래 바라보았어요.

쑥스러운 인사

희생을 통해 배워야 했다.
지치지 않고 나아가는 법도 배워야 했다.
이런 걸 모두 배우기엔 너무 어린 나이였다.

하지만
때때로 그런 인생에
감사하는 순간이 찾아온다.

고맙다, 내 인생.

매일의 다짐

'할 수 있다.'

사는 게 전쟁이라면
할 수 있는 한,
착한 마음으로 이기겠다.
남을 깎아내리지 않고 이기겠다.
결과가 어떻든 그 누구의 탓도 하지 않겠다.

오늘도 집 밖을 나서며
마음속 주먹을 꼭 쥐어 본다.

너의
이름은

'의미'를 두는 순간
그것은 양날을 가진 검이 된다.

즐겁고 의미 있는 시간일수록 빠르게 흐르고
이후에 찾아오는 허탈함은 지독히 길다.

내게 의미를 지닌 존재일수록
깊게 파고들어 더 깊은 상처를 남기기에

언제부턴가 나는
타인의 이름을 외우려 하지 않는 건지도 모른다.

동경과 동정이

교차하는 밤

새로운 것에 대한 동경이
익숙한 것과의 이별을 전제로 한다면
선뜻 미지의 세상을 향해 모험을 떠날 수 있을까.

다른 별로 긴 여행을 떠났던 어린 왕자가
왜 그렇게
자신만의 장미 곁으로 돌아가고 싶어 했는지,
그 마음을 알 것만 같은 밤이다.

The List of Things
to Remember

기억

5

내가

남기고 싶은 것은

우린 왜 다른 사람을 미워할까?
누군가를 증오하고 그에게 상처를 주면
궁극적으로 내가 행복해질까?

길다고 착각하지만
짧은 인생이다.

언젠가 문득 뒤돌아봤을 때
한 사람이라도 더 싫어하고 욕하려 노력했다며
뿌듯해하는 대신

한 사람이라도 더 응원하고 좋아하려 했다는
그런 따뜻한 기억을 남기고 싶다.

아이러니

1

미래의 시간을 벌기 위해
오늘의 시간을 허비하고 있는 건지도 모른다.

아직 내가 알아내지 못한
인생의 아이러니는
얼마나 많이 남았을까?

Peony

이어 가기

무.
라고 적고 끝을 내려 했다.

포기하지 않고 이어 나가다 보니
무. 지. 개.
라는 단어에까지 나아갔다.

나는 아무것도 가진 게 없다고
생각한 적이 있다.

그러나 내 안에는
이미 모든 것이 있었다.
무지개가 모든 색을 품고 있듯이 말이다.

모든 것을 비워 내고 투명해진 '무'가
다시 모든 것을 담아낼 수 있듯
돈, 재능, 사랑, 사람,
그 어느 것 하나 가지지 못한 나일지라도
언젠가 그 빈 자리에
모든 색을 담아낼 수 있을 거라고,
그렇게 나의 삶은 무에서 시작했으나
온갖 색을 담은 채 점점 더 짙어져 갈 거라고….

끝이라 여겨질 때
다시 한번 살펴보기.

삶은
그만큼의 가치는 있으니까.

풍선,

날다

마음이 풍선을 닮아 간다.
숨을 들이켤 때마다 매일 조금씩 커지고 있다.

풍선을 품은 내 가슴이 너무 좁아
어느 날 가슴 가득 부풀어 터져 버리는 건 아닐까.

나의 걱정은 커지는 풍선이 아니라
더 크게 자라지 않는 나의 가슴을 향한다.

부디,
풍선이 커지는 만큼 가슴도 함께 자라나길….

어느 날
더 이상 커질 수 없는 순간이 오면
풍선을 가슴에 안은 채 자유롭게 날아가길.

하늘 끝까지

The
아픔

김은숙 작가가 쓴 드라마에서
남자 주인공이 이런 대사를 한 적이 있다.

"저한테는 이 사람이 김태희고, 전도연입니다."

남에게는 부족한 게 많아 보여도
나에게는 최고인 사람.

그런 사람이 세상을 향해 고개 숙이고
내가 어찌해 줄 수 없는 일들로 상처받을 때
그런 모습을 곁에서 지켜만 본다는 게
내 자신이 같은 아픔을 겪는 것보다 더 아프다는 걸,

천천히 깨닫는 중이다.

병

임파선이 부었다.
간단하다.
쉬면 된다.

어떤 게 더 큰 병일까?

아픈 거와 아파도 쉬지 못하는 것 중에.

만나면 좋은 친구

책을 멀리한 시기가 있었다.
글을 통해 배우는 것보다
내가 직접 경험하는 게 더 중요하다고 생각했다.

자랑을 위해 지식을 들먹이는 사람들을 보며
책이 싫어졌던 때도 있었다.

그러다 문득 생각이 났다.
책이 얼마나 좋은 친구였는지.

문장 하나로 깊은 위로를 건네고
생전 처음 느끼는 낯선 감각으로 날 자극하며
내 발로 가 보지 못하는 곳을
친절하게 구경시켜 주는 친구

스무 살 때 늘 품에 끼고 다니던 책을 다시 읽는다.
바뀐 것이 있다면,
이제 외우지 않고 그저 끄덕인다는 것이다.

사랑의 두 얼굴

강렬한 사랑은 때때로
강렬한 미움으로 바뀌기도 한다.

상대를 더 아끼지 못했다는 생각에
미움은 곧 죄책감으로 바뀐다.

사랑하고자 만난 나에게 미움을 품고 떠난 이.
그리고 상대에게 미움을 배우게 한 나.

그래서일까,
사랑의 끝에서
우리가 자신을 이토록 미워하는 이유는.

산다는 것은

입안에 작은 상처가 나 보면 안다.
먹는 것이 얼마나 즐거운 일인가를

동틀 녘까지 잠들지 못했던 밤을 겪어 보면 안다.
자는 것이 얼마나 즐거운 일인가를

며칠이라도 건강치 못한 몸을 가져 봤다면 안다.
걷는 것이 얼마나 즐거운 일인가를

당연한 것들이 결코 당연하지 않다는 사실을
깨닫고 나면 안다.

살아간다는 것은
그 자체로 즐거운 일이라는 것을.

잔혹
동화

그 : 넌 왜 그렇게 자신을 혹사시키니?

나 : 무슨 말이야?
난 지금 달릴 힘이 충분히 있어.

그 : 근데, 아파 보여.

나 : 아….

그 : 열심히 사는 것뿐인데 아파 보인다고 해서 미안해.

나 : 아니야, 미안하긴….

그게 아니라고,
난 괜찮다고,
다들 그렇게 사는 거 아니겠냐고,
머릿속에 많은 말들이 떠올랐지만

결국,
난 아무 대답도 하지 못했다.

그의 말이 전부 사실이었기 때문이다.

The List of Things
to Remember

기억

6

어른아이

우리는 모두 과거에 살고 있어요.
우리 모두 마음속에
아직 채 자라지 못한 아이를 품고 있기 때문이죠.

문득문득 가슴이 아려 올 때면
마음의 문을 열고
과거의 시간 속으로 걸어 들어가세요.
그리고 품 안 가득히 아이를 안아 주세요.

그 아이는 지금의 당신과
너무나도 닮아 있으니까요.

1
+1

답답함을 느낄 때가 있다.
양 갈래 길을 만났을 때처럼
답이 두 가지인 상황에 놓였을 때,
선택은 늘 어렵고 가슴은 답답해진다.

답이 한 가지라면
내가 갈 수 있는 길이 오직 하나라면
답답할 일도,
선택하느라 진땀 흘릴 일도 없을 테지만

고를 답이 두 가지 있다는 것은
가 볼 수 있는 길이 두 곳이나 있다는 것은
아무것도 없는 것보다,
오직 하나만 있는 것보다,
그래도 낫다.

거울이 물었다

"너 하나 사랑하지 못하면서, 누굴 사랑하니?"

언젠가는 이 말에
큰 목소리로,
당당하게,
대답할 날도 오겠지….

이상과
현실에
대하여

한때 내가 생각하는 성공의 기준은,
타인에게 인정받는 것 그리고 충분한 돈이었다.
먹고 자는 문제를 해결해 줄 돈 그리고
내가 존중받고 있다는 증표가 되어 줄 타인의 인정.

그렇게 두 가지를 얻기 위해 달렸다. 말 그대로
달려만 갔다. 그래서 내가 달린 길이 어디인지, 어떤
풍경들이 내 옆을 스쳐 갔는지 알지 못했다. 바람에
실려 온 것이 향기인지 악취인지도 구별하지 못했다.

어느 영화 속에 나온 "인생, 뭐, 달콤한 기억 하나면
되지."라는 대사처럼 달콤한 기억 하나가 지금까지
날 버티게 한 걸까? 그래서 난 여전히 사탕과
초콜릿을 사랑하는 걸까?

니체는 여전히 기쁨은 부족하다고, 사소한 일에도
한껏 기뻐하라고 조언했다.

살아 있음에 기뻐하며 오롯이 삶을 누리기 위해선
지금 당장 따스한 햇살과 나무 사이를 가로지르는
바람을 잡으러 떠나야 하건만,

여름엔 에어컨 돌려야 하고 겨울엔 춥지 않게 난방을
해야 하니, '그래, 역시 돈이 최고지. 일하자!'
결국엔 이런 나를 발견할 것 같아 애잔하다.

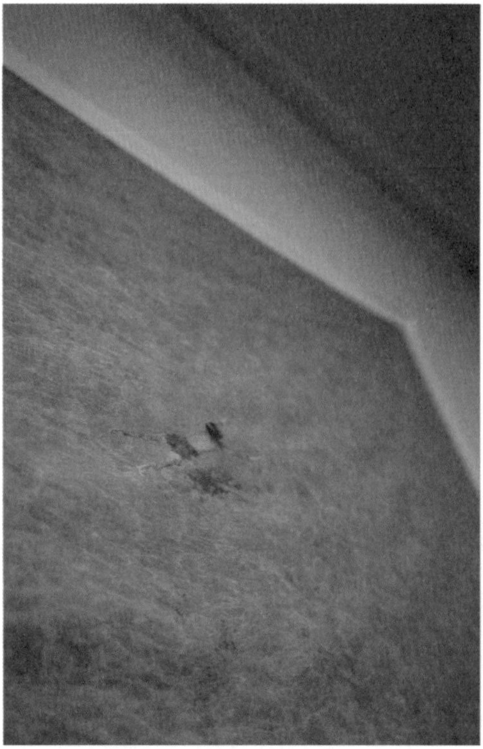

어떤 사연

우연히 라디오에서 한 청취자의 사연을 듣게 되었다.

"난 미워하는 사람이 없어."
"오, 어르신 대단하시네요."
"응, 다 죽어서 아무도 없어…."

어쩌면
미워할 대상이 있다는 것도 행운이다.

아주 가끔은

'그랬구나….'

왜 항상 모든 깨달음은 과정 중에 오지 않는 걸까?
그래서 많은 이들이 삶을 '여정'이라고 말하는 걸까?

그래도 앞으로 내 인생에서는
뒤늦게 알게 되는 일들이 없었으면 좋겠다.

가끔은
'그럴 줄 알고 있었어….'
이렇게 말할 수 있는 순간들도 있었으면 좋겠다.

누군가 내게 이런 말을 적어 주었다.

'그가 이곳에 있으니 웃음꽃이 핀다. 안재현 사랑한다.'

사랑받음에 감사하며 살자,
선한 다짐을 다시 한번 해 본다.

감사 합니다.

나무는 결국 잘려 나가고
노인이 되어 돌아온 소년은
그루터기에 지친 몸을 기대고 앉습니다.
이야기는 그렇게 끝이 납니다.

그러나 나무의 일부는
땅 깊은 곳에 여전히 살아 있습니다.
우리 눈엔 보이지 않는 그 뿌리가
나무가 지닌 생명의 원천이므로

지금도 땅속에서
나무는 뭇 생명을 위해
자신의 일부를 나누고 있습니다.

파도

사람들은 곧잘
인생을 파도타기에 비유하곤 해요.

내 의지와 상관없이
오르락내리락하는 파도 위에서 중심을 잡는 일.
나를 넘어뜨리려는 물살에 맞서
끝까지 균형을 잃지 않으려 버둥거려야 하는 일.

그러나
파도를 타는 시간보다
바다에 빠져 허우적거리는 시간이 많다면
결국 우린 호흡하는 법조차 잊을지도 몰라요.

나 그리고 당신
쉴 틈 없이 파도가 밀려오더라도
꼿꼿이 머리를 들고
가슴 가득 숨을 불어 넣어야 한다는 걸 잊지 않기를

나 그리고 당신
그렇게 무사히 해안가에 닿아
당당히 두 발을 땅에 딛고 서기를

오늘도
응원합니다.

한 번쯤은

한 번쯤 고장이 나야 돌아온다,
기계도
사람도.

한 번쯤 넘어져 봐야 일어설 수 있다,
풀잎도
어린아이도.

한 번쯤 아파 봐야 깨달을 수 있다,
관계도
인생도.

The List of Things
to Remember

기억

7

오래,

오래

책을 읽다가 이런 문장을 만났어요.

'할 수 있는 한 최선을 다하라.
당신이 할 수 있는 모든 수단과 방법으로
어느 장소에서든,
어떤 시간이든,
내 곁의 모든 사람들에게.
그리고 오래오래….'

힘이 들고 아픈 거 알아요.
그래도 포기하지 마세요.
포기하는 순간,
모든 것들로부터 멀어질 테니까요.

더 좋은 방법이 나타나기 전까지
당분간은 이 문장을 가슴에 담고
따라가 보려고 합니다.

오래오래….

건드리지
마시오

복어를 볼 때마다
한자는 다르지만 '복'이란 단어가 생각난다.

톡톡톡
자꾸 건드리면
독을 품은 채 부풀어 오르는 복어처럼

자신을 향해 자꾸
행복해야 한다고 다그쳐 봤자
삶은 독하게 부풀어 오를 뿐이다.

아름다운 인연

위대한 인물들은 대부분 스승이 없었다.
셰익스피어도, 뉴턴도, 붓다도, 공자도, 예수도 그렇다.

무언가를 창조하는 것,
무언가를 옳다고 믿는 것,
무언가를 실천하는 것,

이 모든 것들은
내 안에서 비롯되었을 때에만 의미를 가진다.
이것이 바로 위대한 사람들이 독특한 이유다.

그러나 때론 헬렌 켈러가 앤 설리번이라는
위대한 스승을 만났던 것처럼
그런 아름다운 인연이 내게도 찾아왔으면 하고
바랄 때가 있다.

"기적이 일어나
내가 사흘 동안 볼 수 있게 된다면
먼저, 어린 시절 내게 다가와
바깥세상을 활짝 열어 보여 주신
사랑하는 앤 설리번 선생님의 얼굴을
오랫동안 바라보고 싶습니다."

살면서 영영 이런 스승을 만나지 못한다면
그 인연의 고리에서
내가 그리고 당신이
누군가에게 좋은 스승이 되어 줄 수 있기를…,

감히 꿈꿔 본다.

움직여야 얻어지는 것들

내 몸을
수고롭게 움직여야 얻어지는 것
두 가지가 있다.

배우는 것.
비우는 것.

가만히 웅크리고 있으면
배울 수도,
비울 수도 없다.

어른 증명서

10대가 끝나 갈 무렵
주민등록증을 발급받기 위해 동사무소에 갔다.
내 열 손가락을 하나하나 펴 잉크를 묻힌 후
지문을 찍어 주던 직원이 이렇게 말했다.

"이제 성인이 됐으니 나쁜 짓 못 하겠네."

가끔 지갑 속 주민등록증을 볼 때마다 생각한다.

"축하해! 다양한 경험을 하고, 꿈을 이루길 바라."

이제 막 어른이 된 이에게
한마디 축복의 말을 건네는,

나는 그런 어른이 되리라.

아끼고 존중하는 이들 앞에 서면
말이 길어진다.

조금이라도 알고 친숙한 것이 나오면
말이 많아진다.

아끼고 사랑하는 이들에게
하고픈 말은 반절만 해야겠다.

대신 남은 반절은
그들을 향한 마음으로 채워야겠다.

삶에
실망할지라도
도망은 치지 않기.

손가락 걸고,
약속~!

책
한 권의
무게

요즘 자신이 게을러졌다고 느끼나요?
그럼 가볍게 산책을 나가듯
집 근처 도서관에 한번 찾아가 보세요.

굳이 책을 읽지 않아도 괜찮아요.
모르는 책들,
처음 듣는 작가들 이름만 잔뜩 있어도 상관없어요.

그저 도서관을 찾은 사람들을 바라보기만 해도
무언가를 새롭게 배우려는 열정이 전해지고
온 마음을 다해 집중하는 태도를 배우게 될 테니까요.

마침 비가 온다면,
그래서 너무 먼 곳까지 나가는 게 부담스럽다면,
동네 도서관에 한번 나가 보세요.

책장 사이를 천천히 걸으며
빽빽이 늘어선 책들의 냄새를 맡거나
종이 위에서 사각거리며 미끄러지는
연필 소리를 듣는 것만으로도 충분해요.
그러다 가끔은 책 한 권 빌려 와도 좋고요.

돌아오는 길,
허전했던 마음이
손에 들린 책의 무게만큼
채워질 거예요.

LIBRARY
WALKERHILL

present

문득 생각해 보면
난 항상 지금 이 자리에 머물지 않고
늘 미래의 어디쯤에 가 있다.

쳇바퀴 같은 하루하루를 살다
나도 모르게 멀리멀리 떠밀려 가 버렸다면
반드시 '지금, 여기'로 돌아와야 한다.

지금 이 시간에 몰두하고
여기 이 공간에 집중하기.

시간에 끌려다니지 않고
시간과 더불어 살아가기.

더 늦기 전에
지금부터!

부모님의 은혜

'비가 올 때 피하지 않는 용기.
비가 올 때 피하는 지혜.'

비 오는 날이면
영화 속 이 구절이 생각난다.

비가 오는 날이면
학교로 마중 오지 못하는 부모님의 마음을 알기에
우산이 없어도 괜찮았다.

우산 대신
용기와 지혜를 선물해 주신 부모님

고맙습니다.

The List of Things
to Remember

기억

8

주사위는

던져
졌다

미래를 아는 것은 어렵다.
과거로 돌아가는 것은 불가능하다.
그보다는
현재를 살아가는 게 훨씬 쉽다.

현재는
방금 전까지 그토록 알고 싶어 하던 미래였고
조금 후 그토록 돌아가고 싶어 하는 과거가 될 것이다.

과거, 현재, 미래,
이것들은 나뉨 없이 하나다.

그리하여
우리에게 주어진 선택지 또한
처음부터 하나였다.

기본적인 사항

잃을 게 있는 사람을 만나세요.
꿈이건, 돈이건, 가족이건, 자신이건

자신을 제대로 돌보고
자신의 주위를 살뜰히 챙길 수 있는 사람.

관계의 기본은 충실함이니까요.
사랑도
매일매일 이어지는
일상의 한 부분이니까요.

진짜
하고 싶은
말은

"어쩌면 나 멀리 떠날지도 몰라."

뜬금없이 한마디 툭 던져 놓고
나는 사람들에게 대체 어떤 반응을 원했던 걸까.

잘 갔다 오라는 응원?
가지 말고 함께 있자는 부탁?
기다리고 있겠다는 약속?

멀리 떠나야 할지도 모르는 순간 앞에 섰을 때
난 사람들에게 이 모두를 원했던 것 같다.

어울려 살게 만들어진 우리는
쓸쓸함이 깊어질수록
곁의 사람들에게 더 기대고 싶어진다.
진실을 거짓으로 가릴 수 있는 우리는
상처가 많아질수록
하고 싶은 말을 있는 그대로 하지 않는다.

그러니 기억하자.
쓸쓸한 어른들이 내뱉는
“나 지금 떠나.”의 진실은
“나 좀 안아 줘!”일 수도 있다는 걸.

아이러니 2

행복한 순간이면
곧 이 시간도 지나고
다시 불행이 찾아오겠지 하고
아직 오지도 않은 불행을 기다린다.

여기의 행복을 누리는 대신
멀리 있는 불행을 기다리는 멍청이.

산다는 일의 아이러니를
또 하나 찾았다.

못 한다와 안 한다,
그 둘의 차이는 명백하다.

그러나 사전과 달리 현실에서는
못 해서 안 하는 순간도
안 해서 못 하는 순간도 있기 마련이다.

못 하는 것인가?
안 하는 것인가?

그 질문이
자신의 한계를 뛰어넘기 위함이라면
못 하는 것이든 안 하는 것이든
일단은 부딪쳐 보고 도전해 봐야 한다.

인생의 계단 하나를 오르는 일은
결코 쉽지 않다.

구해 줘,

나로부터

남들과 경쟁하고 있다고 여기지만
우린 어쩌면
자신으로부터 스스로를 구해 내야 하는 건지도 모른다.

타인에게 더 친절한 나로부터
타인에게 더 너그러운 나로부터
타인에게 더 신경 쓰는 나로부터

나를 구해 줘!

팩트 체크

비가 온 후엔 무지개가 뜬다고 했다.
비가 온 후엔 땅이 더 단단해진다고 했다.

이제 그걸 확인하러 갈 시간이다.

DOOSAN

구름의 쓸모

어린 새싹에게 필요한 건 어쩌면
햇살이 아니라
그늘을 만들어 주는 구름일 수도 있다.

여린 떡잎과 뿌리가
내리꽂는 햇살을 견딜 수 없는 것처럼
아직 채 성장을 마치지 못한 나도 그렇다.

삶이 때때로 사막처럼 변한다면,
그래서 땅이 갈라지고 내 연약한 뿌리마저 흔들린다면,

비를 머금고 몰려오는 저 먹구름이야말로
내게 한 줄기 평안을 가져다줄지도 모른다.

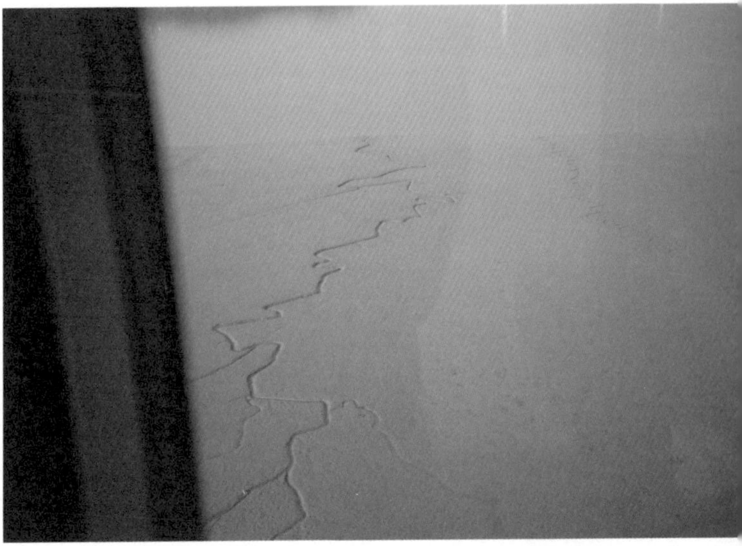

내가 직접 이끌어 가는 것.
남에게, 상황에 이끌려 가는 것.

이 둘의 차이가 처음엔 크지 않게 느껴지더라도
결과적으로 만족하는 정도는 크게 다를 거예요.

삶이라는 여행은 나의 의지와 상관없이
이미 시작되었으니
한 번쯤은 스스로 이끌어 나가 보는 것도 괜찮아요.

어디로 가야 하지?
실패하면 어쩌지?
중간에 포기하면?

온갖 걱정과 불안에 발목을 묶인 채
시작조차 못하는 것보다
어떤 결과라도 담담히 받아들이겠다 맘먹고
용기를 내 보는 것이 낫죠.

그 여행에서 어떤 경험을 하든,
우린 배우고 성장하게 될 테니까요.

때론 그런 기억 하나를 가지는 것으로도 충분해요.

아직도 나는

사람이 싫어질 때,
사실 가장 싫은 사람은 '나'다.

타인의 단점을 찾아내려
이리저리 눈동자를 굴리는 나는,
최악이다.

내가 타인의 장점에 대해서만 말했을 때
사람들은 모두 나를 걱정했다.
내가 타인의 단점을 찾기 시작했을 때
사람들은 드디어 철이 들었다며 안심했다.

아직도 나는

나도,
세상도,
어렵다.

기억할 수 있는 것들의 목록

1판 1쇄 인쇄 2022년 5월 25일
1판 1쇄 발행 2022년 6월 10일

지 은 이 | 안재현
펴 낸 이 | 이정훈, 정택구
책임편집 | 박현아

펴 낸 곳 | (주)헤다
출판등록 | 2017년 7월 4일(제406-2017-000095호)
주 소 | 경기도 고양시 일산동구 태극로11 102동 1005호
대표전화 | 031-901-7810 팩스 | 0303-0955-7810
홈페이지 | www.hyedabooks.co.kr
이 메 일 | hyeda@hyedabooks.co.kr
인 쇄 | (주)재능인쇄

ISBN 979-11-91183-17-7 03810